Pour Lon, qui adore les parapluies
et pour Ivy et Ian, les cousins de Floride
A.H.

Pour Natalie et Sophie Lou
mes petites-filles
J.B.

Texte traduit de l'anglais par Élisabeth Duval

Titre de l'ouvrage original : IN THE RAIN WITH BABY DUCK
Éditeur original : Walker Books Ltd.
Text © 1995 Amy Hest
Illustrations © 1995 Jill Barton
Tous droits réservés
Pour la traduction française : © Kaléidoscope 1995
Loi n° 49.956 du 16 juillet 1949 sur les publications
destinées à la jeunesse : septembre 1995
Dépôt légal : septembre 1995
Imprimé en Italie

Diffusion l'école des loisirs

Sous la pluie avec
Bébé Canard

Texte de
Amy Hest

Illustrations de
Jill Barton

kaléidoscope

*P*lic-ploc.

Plic et ploc.

Plic et plic et ploc.

Oh, il tombe de l'eau.

Il pleut à flots et à seaux.

Bébé Canard est contrariée.

Elle n'aime pas marcher sous la pluie.

Mais c'est le dimanche des Crêpes,

une tradition dans la famille Canard, et

Bébé Canard adore les crêpes.

Et elle adore Grand-papa, qui l'attend sur le seuil

de sa maison.

Plic-ploc. Plic et ploc. Plic et plic et ploc.

« Suis-nous ! Dépêche-toi ! »

Monsieur et madame Canard quittent

la maison bras dessus, bras dessous.

« Mes pieds sont mouillés », gémit Bébé.

« Avance, mon amour. Ne t'attarde pas

en chemin », dit madame Canard.

Bébé boude. « Ma tête est trempée. »

Madame Canard est toute guillerette.

« Regarde comme la pluie glisse sur tes plumes ! »

« Boue, bredouille Bébé.

Boue, boue, boue. »

« Ne traîne pas, trésor, ou nous serons en retard ! »

Monsieur et madame Canard

vont gaiement de l'avant.

Ils se dandinent. Ils dodelinent.

Ils sautillent dans toutes les flaques d'eau.

Bébé barbote dans l'eau bourbeuse et

boude et reste à la traîne.

Elle chante une petite chanson.

« Je n'aime pas du tout la pluie

qui ruisselle sur mon cou.

Mon duvet est complètement trempé

Je déteste cette horrible journée ! »

« Tu chantes ? demandent monsieur et madame Canard.

Quelle merveilleuse idée de chanter sous la pluie ! »

Bébé se tait immédiatement.

Grand-papa attend sur le seuil de sa maison.

Il met ses bras autour de Bébé.

« Pieds mouillés ? » demande-t-il.

« Oui », répond Bébé.

« Tête trempée ? »

demande Grand-papa.

« Oui », répond Bébé.

« Boue ? » demande Grand-papa.

« Oui, répond Bébé. Boue, boue, boue. »

« Je crois que la pluie rend Bébé grognon »,

cancane monsieur Canard.

« Je ne connais pas un seul canard au monde qui n'aime pas

la pluie ! » dit madame Canard avec inquiétude.

« Oh, vraiment ? » murmure Grand-papa en embrassant Bébé.

Grand-papa prend Bébé par la main.

« Viens avec moi, Bébé. »

Ils montent au grenier.

« Nous sommes à la recherche d'un grand sac vert »,

précise Grand-papa.

Ils finissent par le trouver.

Le sac contient un magnifique parapluie rouge,

ainsi que des bottes assorties au parapluie.

« Ils appartenaient à ta maman, chuchote Grand-papa.

Il y a très longtemps, ta maman était un bébé canard

qui n'aimait pas la pluie. »

Bébé ouvre le parapluie.

Les bottes sont pile à sa taille.

Bébé et Grand-papa descendent l'escalier.

« Mes bottes ! s'écrie madame Canard. Et mon parapluie Jeannot Lapin ! »

« Non, c'est à moi ! » dit Bébé.

« Tu es ravissante ! » s'exclame madame Canard.

« À table ! » appelle monsieur Canard en apportant les crêpes.

Les crêpes sont délicieuses.

Plic-ploc. Plic et ploc. Plic et plic et ploc.

Oh ! il tombe de l'eau.

Il pleut à flots et à seaux.

Bébé Canard et Grand-papa,

bras dessus, bras dessous

marchent sous la pluie.

Ils se

dandinent.

Ils dodelinent.

Ils sautillent dans

toutes les flaques d'eau.

Et Bébé Canard chante une nouvelle chanson.

« J'aime vraiment beaucoup la pluie

qui ruisselle sur mon parapluie.

Avec mes grandes bottes rouges aux pieds

j'adore vraiment ce jour de pluie. »